AF358054

VENTE

PAR SUITE DE DÉCÈS ET DE DÉPART

HOTEL DROUOT, SALLE N° 1

Les Lundi 1er et Mardi 2 Décembre 1884

BEAU MOBILIER

OBJETS D'ART

PROVENANT EN PARTIE

Du Château de H...., près Mons

EXPOSITION PUBLIQUE

Le Dimanche 30 Novembre 1884, de 1 heure 1/2 à 5 heures 1/2

M° ESCRIBE	M. A. BLOCHE
COMMISSAIRE-PRISEUR	EXPERT
rue de Hanovre, n° 6	rue Laffitte, n° 44

PARIS — 1884

Vᵉ RENOU ET MAULDE

IMPRIMEURS DE LA COMPAGNIE DES COMMISSAIRES-PRISEURS

Rue de Rivoli, 144

CATALOGUE

D'UN

BEAU MOBILIER

Salons, Salles à manger et de billard, Chambres à coucher
Bibliothèques, Fumoir, Vestibule, etc.

MEUBLES DE STYLE, RIDEAUX, TAPIS

BRONZES D'ART & D'AMEUBLEMENT

Grandes Torchères, importantes Garnitures de cheminées
Groupes, Statuettes, Bustes

MARBRES DE CARRIER-BELLEUSE ET DE DÉTRIER

SERVICE EN PORCELAINE DE SAXE

Porcelaines d'Allemagne, de Chine et du Japon

OBJETS DIVERS, MEUBLES COURANTS

PROVENANT EN PARTIE

Du Château de H...., près Mons

DONT LA VENTE AURA LIEU

PAR SUITE DE DÉCÈS ET DE DÉPART

HOTEL DROUOT, SALLE N° 1

Les Lundi 1er et Mardi 2 Décembre 1884

A DEUX HEURES

Me ESCRIBE	M. A. BLOCHE
COMMISS^{re}-PRISEUR	EXPERT
rue de Hanovre, n° 6	rue Laffitte, n° 44

EXPOSITION PUBLIQUE

Le Dimanche 30 Novembre 1884, de 1 heure 1/2 à 5 heures 1/2.

PARIS — 1884

CONDITIONS DE LA VENTE

La vente sera faite au comptant.

Les Acquéreurs paieront CINQ POUR CENT en sus des adjudications.

Il ne sera admis aucune réclamation une fois l'adjudication prononcée

DÉSIGNATION

MOBILIER, BRONZES, OBJETS D'ART

1 — Très importante Garniture de cheminée en
bronze, style Louis XIV.

La Pendule représente le Char de
l'Aurore emporté par de fougueux cour-
siers et entouré d'Amours d'après Car-
peaux. Les Candélabres à cinq lumières
représentent des groupes allégoriques du
Jour et de la Nuit.

2 — Très beau Groupe en bronze représentant
les Trois Grâces, d'après Clodion, sur
socle en marbre orné d'un tors de lau-
rier, style Louis XVI.

3 — Beau Meuble d'appui s'ouvrant à deux
portes en acajou, orné de filets de cuivre.
offrant, sur les battants, des figures
d'après Lancret; décor vernis Martin sur
fond d'or.

Le bandeau est orné d'une frise à
guirlandes de fleurs, dessus en marbre
brocatelle d'Espagne, style Louis XVI.

4 — Très jolie Vitrine à deux corps, en acajou, ornée de colonnes cannelées et de filets de cuivre, avec glaces cintrées et biseautées ; décorée de frises à guirlandes de fleurs en vernis Martin, sur fond d'or, style Louis XVI.

5 — Beau Buste en marbre blanc : l'*Été*, de *Carrier-Belleuse*.

6 — Bureau-Bonheur-du-Jour en acajou, orné de cuivre, avec panneau central à sujet champêtre, et tiroirs décorés de guirlandes de fleurs en vernis Martin, dessus en marbre brocatelle d'Espagne, style Louis XVI.

7 — Deux grandes et belles Torchères formées par des gros Enfants, en bronze argenté et doré, portant des bouquets à treize lumières représentant des bananiers ; posées sur colonnes en marbre noir, cannelées et ornées de guirlandes de fleurs en bronze, style Louis XVI.

8 — Jolie petite Table à tablette, formant bureau, en vernis Martin fond d'or, décorée d'attributs champêtres et de guirlandes de fleurs, ornée de bronzes dorés, style Louis XV.

9 — Joli Cartel en bronze doré, formé de rocailles et de guirlandes de fleurs, époque Louis XV.

10 — Petit Guéridon en acajou, orné de bronzes, dessus en vernis Martin fond d'or, style Louis XVI.

11 — Bureau à cylindre, en acajou et filets de cuivre, dessus en marbre blanc, style Louis XVI.

12 — Très belle Garniture de cheminée en marbre onyx et bronze doré.

La Pendule est surmontée d'un groupe de Bacchantes et d'un petit Faune. Les Candélabres, forme vases, sont ornés de médaillons et surmontés de bouquets à six lumières.

13 — Beau Meuble en bois sculpté, époque Louis XIII.

14 — Statuette en bronze : la Femme au lavoir, de *Richard*.

15 — Beau Groupe en bronze : le Printemps de la vie, de *Lanzirotti*.

16 — Deux Ameublements de chambres à coucher en acajou ciré, avec rideaux et sièges en perse.

17 — Coq gaulois en bronze, par *Arson*.

18 — Statuette de Vestale en bronze, par *Guillot*.

19 — Groupe en bronze : le Faune au chevreau.

20 — Groupe en bronze : Faune et Enfant.

21 — Groupe en bronze : Patricienne allant à l'église, de *Faure de Brousse*.

22 — Deux Statuettes de guerriers en bronze, de *Salmson*.

23 — Statuette en marbre blanc : la Jeunesse, de *Détrier*.

24 — Ameublement de salon en bois noir orné de bronzes dorés, couvert en satin rouge capitonné, composé de : deux Canapés, deux Fauteuils et quatre Chaises.

25 — Huit Chaises volantes couvertes en tapisserie, dessins divers.

26 — Divan couvert en étoffe de fantaisie.

27 — Pouf couvert en broderie.

28 — Table en chêne sculpté.

29 — Tabouret de piano.

30 — Petite Table ronde de fantaisie.

31 — Table en bois noir, ornée de bronzes.

32 — Table à jeu, même style.

33 — Table ronde analogue.

34 — Trois belles Décorations de croisées en tapisserie d'Aubusson.

35 — Quatre Glaces avec cadres dorés, de différentes grandeurs. (Seront vendues séparément.)

36 — Bibliothèque en acajou.

37 — Armoire à fusils en acajou ciré.

38 — Petit Meuble orné de bronzes, de style Louis XVI.

39 — Bibliothèque en acajou moucheté.

40 — Glace avec cadre doré.

41 — Garniture de cheminée en bronze : Pendule et Candélabres.

42 — Pendule en bronze représentant Cléopâtre.

43 — Lit en acajou.

44 — Important Service de Saxe pour dix huit
couverts, composé d'environ cent trente-
cinq Pièces.

45 — Deux grandes Jardinières rondes de Saxe,
décorées de bouquets de fleurs, bordures
à rehauts d'or.

46 — Deux Supports à étagères en bois sculpté.
Travail chinois.

47 — Groupe équestre : un Oriental sur un
rhinocéros, en porcelaine de Saxe.

48 — Douze Tasses et Soucoupes de Saxe, décorées de fleurs détachées.

49 — Joli Déjeuner de Saxe avec Plateau décor
fond vert, médaillons Marines.

50 — Grand Bonbonnier avec couvercle et plateau de Saxe fond jaune à fleurs, avec
médaillons Watteau.

51 — Deux jolis Cornets de Saxe fond jaune,
sujets Watteau.

52 — Beau Cruchon de Berlin, décor d'après
Wouvermans, fond brun, à rehauts d'or.

53 — Fontaine en faïence représentant un Bac-
chus assis sur un tonneau.

54 — Paire de Vases en faïence italienne, décor
raphaëlesque.

55 — Petite Commode de forme cintrée en noyer,
ornée de bronzes, style Louis XV.

56 — Deux Cache-Pots de Saxe, avec anses à
têtes d'homme.

57 — Deux jolies Appliques à trois lumières, fonds de glaces, avec cadres en porcelaine de Saxe à figures d'amours.

58 — Grand Vase du Japon.

59 — Assiette de Chine.

60 — Deux Flambeaux en bronze doré.

61 — Porte-Bouquet en bronze et cristal.

62 — Grand Vase du Japon.

63 — Deux Coupes en porcelaine de Chine, montées.

64 — Coupe de Chine, monture en bronze.

65 — Deux Candélabres en porcelaine de Chine, avec bouquets en bronze.

66 — Garniture de cheminée : Pendule au Faune et deux Vases.

67 — Deux Sujets en bronze : Chien et Chienne.

68 — Groupe de Chèvres en bronze.

69 — Garniture de Cheminée : Pendule représentant l'Aurore et deux Candélabres.

70 — Commode en acajou, style Louis XVI.

71 — Toilette en acajou, forme duchesse.

72 — Deux Commodes en acajou.

73 — Encrier avec buste en bronze.

74 — Tableau représentant : les Chevaux de l'Empereur Napoléon III et du Prince Impérial.

75 — Deux Armoires à glace en acajou.

76 — Toilette en acajou.

77 — Glace avec cadre en acajou, ornée d'appliques.

78 — Plusieurs Tables de nuit en acajou et en frêne (Seront vendues séparément).

79 — Bureau en acajou.

80 — Armoire à glace en acajou.

81 — Petite Table carrée en acajou moucheté.

82 — Glace avec cadre en laque.

83 — Lit en acajou sculpté.

84 — Deux Canapés, quatre Fauteuils et quatre Chaises couverts en étoffe grenat.

85 — Deux Chaises de fantaisie couvertes en étoffe soutachée.

86 — Six petites Chaises couvertes en tapisserie d'Aubusson.

87 — Trois Fauteuils couverts en satin rouge capitonné.

88 — Deux Consoles en bois noir, ornées de bronzes.

89 — Deux Encoignures en bois noir, ornées de bronzes et dessus de marbre.

90 — Paravent de fantaisie.

91 — Bahut en bois noir, orné de bronzes.

92 — Table ronde en bois noir ornée de bronzes.

93 — Garniture de foyer en cuivre doré.

94 — Deux Décorations de croisées en satin rouge et applications.

95 — Grand Tapis, genre Smyrne.

96 — Quatre Décorations de croisée gris-foncé, dessin rouge.

97 — Table en marqueterie, ornée de bronze doré.

98 — Bureau en acajou.

99 — Fauteuil de bureau en acajou.

100 — Deux Lits jumeaux en acajou.

101 — Chaise longue, Fauteuils et Chaises de fantaisie, couverts en cretonne.

102 — Deux Fauteuils couverts en cretonne rayée rouge et blanc.

103 — Quatre petites Chaises en bois laqué, couvertes en cretonne.

104 — Deux Chaises en acajou, couvertes en cretonne vert d'eau.

105 — Chaise longue, couverte en cretonne blanc et rouge.

106 — Plusieurs Tapis en moquette pour salons et chambres à coucher (Seront vendus séparément).

107 — Six Chaises légères, style Louis XVI.

108 — Lit en acajou, style Louis XVI.

109 — Armoire à glace en acajou, style Louis XVI.

110 — Garniture de foyer en bronze.

111 — Chiffonnier en acajou, style Louis XVI.

112 — Trois Décorations de croisées en damas.

113 — Glace avec cadre en palissandre et ébène.

114 — Deux Tables de nuit, style Louis XVI.

115 — Deux Chaises en acajou, couvertes en damas bleu et blanc, style Louis XVI.

116 — Toilette, forme Pompadour.

117 — Décoration de croisée en damas bleu, style Louis XVI.

118 — Ameublement en acajou, composé de : un Lit, un Secrétaire et une Table de nuit.

119 — Deux Chaises couvertes en cretonne.

120 — Grand Fauteuil couvert en tapisserie bleu et rose.

121 — Deux Bibliothèques ornées d'incrustations de lapis.

122 — Deux Tables, style Louis XIII, en chêne.

123 — Six Chaises couvertes en cuir de Cordoue.

124 — Deux Jardinières en chêne sculpté.

125 — Deux Banquettes en chêne, couvertes en cuir de Cordoue.

126 — Table pliante en vieux laque de Chine.

127 — Buffet en bois noir, à rehauts d'or.

128 — Table, même style.

129 — Deux Bibliothèques en bois peint, genre acajou.

130 — Bibliothèque en chêne sculpté.

131 — Bureau-Ministre en chêne.

132 — Fauteuil couvert en maroquin vert.

133 — Six Appliques à gaz en bronze.

134 — Garniture de cheminée en bronze doré.

135 — Deux Glaces avec cadres en acajou.

136 — Pendule et deux Vases en bronze.

137 — Deux Suspensions : Appareils de billard à gaz en bronze.

138 — Grande Suspension de vestibule, système à gaz.

139 — Suspension avec Lampe Carcel.

140 — Grand Canapé en étoffe de fantaisie fond gris, dessin rouge.

141 — Deux Fauteuils couverts en même étoffe.

142 — Billard avec Porte-Queue et autres accessoires.

143 — Grande Table en chêne sculpté.

144 — Grand Lustre en bronze, partie dorée, figures d'Amours.

145 — Suspension de salle à manger en bronze doré.

146 — Nombreuses Gravures encadrées.

147 — Meubles d'usage pour chambres d'enfants, chambres de domestiques, cuisine, office et salle de bains.

148 — Objets omis au Catalogue.

Vve Renou et Maulde, imprs de la Cie des Commissaires-Priseurs, rue de Rivoli, 144.   300—52881